VENTE

DU

Mercredi 22 Décembre 1909

HOTEL DROUOT - SALLE N° 11

A DEUX HEURES

Tapisseries Anciennes

OBJETS D'ART & D'AMEUBLEMENT

Dentelles, Broderies et Soieries

BIJOUX ET ÉVENTAILS

M' **HIPPOLYTE BONDU**

COMMISSAIRE-PRISEUR

M. **ÉMILE BERTIER**

EXPERT

CATALOGUE

DES

TAPISSERIES ANCIENNES

de Bruxelles et d'Aubusson

OBJETS D'ART & D'AMEUBLEMENT

Canapé en tapisserie du temps de Louis XVI

d'après les cartons de Salembier

BUREAU EN MARQUETERIE, PENDULES, TRUMEAU,

Écrans, Sièges en Tapisserie, Commode, Glaces

DENTELLES DE BRUXELLES, VENISE, MILAN

ANGLETERRE, Etc.

Chasubles, Chapes en Brocart, Broderies et Soieries

BIJOUX ET OBJETS DE CURIOSITÉS

TABLEAUX ET GRAVURES

DONT LA VENTE AURA LIEU

HOTEL DROUOT — SALLE N° 11

Le Mercredi 22 Décembre 1909

à deux heures

M° HIPPOLYTE BONDU	M. ÉMILE BERTIER
Commissaire-Priseur	Expert
32, Rue Le Peletier, 32	149, Avenue du Maine, 149

Chez lesquels se trouve le présent catalogue

EXPOSITION PUBLIQUE

Le Mardi 21 Décembre 1909, de deux heures à six heures

CONDITIONS DE LA VENTE

Elle sera faite au comptant.

Les adjudicataires paieront *dix pour cent* en sus des enchères.

L'Exposition mettant le public à même de se rendre compte de l'état et de la nature des objets, aucune réclamation ne sera admise une fois l'adjudication prononcée.

DÉSIGNATION

Objets Divers

1 — Soufflet orné de marqueterie de cuivre et écaille de l'Inde.

2 — Cache pot en porcelaine de Paris à festons de fleurs et feuillages.

3, 4 — Deux miniatures, portraits de femme, cadres en bronze émaillé.

5, 6 — Deux anges en bois sculpté et décorés au naturel.

Haut. : 0ᵐ30.

7 — Plaque en faïence persane, encadrée.

8 — Miniature : Portrait de femme dans un cadre en bronze émaillé.

9 — Coffre moderne de forme gothique, orné de peintures anciennes, personnages sous des arcatures.

10 — Suite de trois gravures en couleurs, représentant :
Cornelie, mère des Gracques.
Sophocle devant le magistrat d'Athènes.
Achille reconnu par Ulysse.

11 — Tableau de l'Ecole Française du xviiiᵉ siècle : Scène mythologique.

12 — Petit carnet à feuilles ivoire, couverture en métal damasquiné et porte-crayon en or.

Bijoux et Éventails

13 — Esclavage normand, bijou ancien et en or, composé de trois médaillons ciselés et émaillés se reliant par des chaines avec fermoir.

14 — Bague en or, ornée d'une perle fine et de deux brillants.

15 — Moutardier en argent. Epoque Louis XVI.

16 — Moutardier en argent. Epoque Louis XVI.

17 — Eventail à monture en ivoire laqué et feuille ornée de personnages chinois peints et habillés de robes en étoffe de soie.

18 — Eventail à monture en nacre, feuille en dentelle à l'aiguille à décors d'amours sous des palmiers.

19 — Eventail à monture en ivoire ciselé, gravé et peint, à personnages dans des rinceaux, feuille gouachée représentant une bergère gardant son troupeau au bord de la mer, xviii° siècle.

20 — Eventail en dentelle de Chantilly, monture en écaille avec chiffre et couronne enrichis de roses.

20bis — Bourse en or.

20ter — Petite glace de poche monture or.

N° 110

Dentelles et Fourrure

21, 22, 23 — Trois coupons de dentelles au passé.

24 — Coupe de broderie de Luxeuil.

Longueur. : 3 m.

25 — Jupe en dentelle noire.

Long. : 3 m. Haut. : 1ᵐ15

26 — Jupe en dentelle blonde.

Long. : 3 m. × 1ᵐ15.

27, 28, 29, 30. — Quatre coupes, dentelle ancien point de Milan, xviiᵉ siècle.

31 — Dentelle de Chantilly.

Long. : 3ᵐ80 × 0ᵐ26.

32, 33 — Deux coupes d'ancienne dentelle de Venise. Epoque Louis XIV.

34, 35, 36 — Binches. Trois Coupes 3ᵐ05 × 0ᵐ11.

37 — Echarpe en ancienne application d'Angleterre.

38 — Echarpe en ancien point au passé.

39, 40, 41 — Trois coupes de dentelle en application de Bruxelles et guipure.

Long : 4ᵐ45 ; Haut. : 0ᵐ40.

42 — Fort lot de dentelles et imitation.

43 — Boléro en imitation de Venise.

44 — Grand col Louis XIV, genre Venise.

45 — Châle en dentelle noire.

46 — Jaquette en dentelle et application de Bruxelles avec point à l'aiguille.

47 — Echarpe en tulle brodé.

48 — Devant de robe et volant en imitation de point d'Alençon.

49 — 6^m20 de dentelle au passé, à décors de paniers fleuris, Louis XVI.

Haut. : 0m65.

50 — Lot d'entre-deux en tulle brodé à paniers fleuris, Louis XVI.

Long. : 10^m15.

51 — Pointe en ancienne dentelle de Bruxelles avec application et point à l'aiguille.

52 — Voile Premier Empire, point de reprise sur tulle.

53 — Pointe en dentelle de Bruxelles, application et point à l'aiguille.

54 — Devant de robe en dentelle blanche de Cambrai.

55 — Huit mètres en ancienne application de Bruxelles.

Haut. : 0^m80.

56 — Petit carré de dentelle, ancien point de Venise, dit à la Rose.

57 — Dessus de lit, formé par des carrés de filets personnages et animaux chimériques.

58 — Ombrelle marquise, manche en ivoire, recouverte de dentelle noire.

59 — Grand manteau en drap doublé de fourrure blanche et d'Hermine.

Etoffes, Broderies

60 — Parapluie à manche surmonté d'une tête d'âne articulée.

61 — Ombrelle en satin, à entre-deux de grenadine, manche et bout en écaille.

62 — Parapluie à manche entièrement gravé, et orné d'une pomme d'or émaillée de bouquets de fleurs et motifs divers.

63 — Ombrelle montée sur un très beau jonc orné d'une pomme d'or ciselée ouvrant sur le dessus.

64 — Parapluie en soie, garni de dentelle monté sur jonc, orné d'une pomme d'or enrichie d'une améthyste et d'un entourage de pierres diverses.

65, 66 — Deux ombrelles, l'une rouge, et l'autre à carreaux noirs et blancs.

67 — Lot de neuf morceaux de satin crème brodés de cornes d'abondance lamées d'argent, et de fleurs, feuillages, pampres et grappes de raisin en soie différentes couleurs, xviiie siècle.

68 — Riche chasuble en soie blanche brochée de fleurs, feuillages avec lames d'or. Entourage à galon d'or, époque Louis XV.

69 — Voile, palle de calice et étole de même étoffe et même époque.

70 — Riche chasuble en soie blanche brodée de feston de fleurettes, feuillages et rubans. Croix sur fond lamé or broché de fleurs et rinceaux de feuillages aussi lamés de même métal. Travail de l'époque Louis XVI.

71 — Voile et étole de même étoffe à galon lamé d'or.

72, 73, 74 — Trois bandeaux de satin vert orné de brocart d'or réappliqué entouré d'entrelacs brodés de différentes couleurs.

75 — Tenture composée de vingt carrés de soie et satin brodés à ornements d'emblèmes et personnages chinois. Ancien travail de la Chine.

76 — Chape avec son chaperon en soie brochée et lamée d'or, à ramages de fleurs et feuillages et garnie de riches galons et franges d'or. Époque Louis XV.

77 — Chasuble et voile de calice en satin violet broché de bouquets de fleurs et feuillages. Galon argent.

78 — Tapis de soie brochée et lamée de fleurs et feuillages dans des réserves, sur fond rouge damassé.

79 — Chape en soie brochée à compartiments de fleurs et feuillages.

80 — Morceau de satin, brodé de fleurs et feuillages de travail chinois.

81 — Robe de mandarin chinois, richement brodée de fleurs de couleur sur fond de soie orange.

82 — Bandeau en broderie orientale, dite Gilet persan.

83 — Six morceaux de satin de soie rose, broché et lamé, orné de bouquets de fleurs et feuillages.

84 — Morceau d'étoffe rayée vert. Époque Empire.

85 — Portière en soie rayée rouge et bouton d'or.

86 — Paire de rideaux de baies, en soie brochée de fleurs et feuillages sur fond crème.

N° 114

N. 112

N° 114

N. 112

Objets d'Ameublement

87 — Garniture de cheminée en bronze doré de style Louis XVI.

88 — Pendule Louis XV en marqueterie de cuivre et écaille de l'Inde, garnie de bronzes et surmontée d'une statuette de Neptune.

89 — Pendule en bronze doré à cadran tournant de style Louis XVI.

90 — Pendule-borne en marbre rouge antique. Epoque Empire.

91 — Deux chaises en bois sculpté et doré de style Louis XVI, capitonnées de damas de soie rouge.

92 — Glace Louis XIII à cadre en bois sculpté et doré.

93 — Trumeau de style Louis XVI en bois sculpté, orné de deux colonnes de chaque côté de la glace, vase au-dessus et décors divers.

94 — Colonne en acajou, garnie de bronzes dorés, style Empire.

95 — Ecran en acajou garni de bronzes. Epoque Empire.

96 — Guéridon en bronze avec plateau en porcelaine du Japon.

97 — Fauteuil de style Louis XV en bois sculpté et doré, garni de tapisserie d'Aubusson à panier et vase fleuri.

98 — Commode Louis XV en marqueterie de bois de rose et violette, ornée de chutes, sabots, tablier, poignées et entrées en bronze. Dessus marbre rouge du Languedoc. Signée sur le côté gauche.

99 — Bureau de style régence en marqueterie de bois de violette, orné
de bronzes.

100 — Secrétaire Louis XVI en acajou, garni de bronzes ciselés et dorés,
dessus marbre blanc.

Tapisseries

101 — Chaise coin de feu garnie de satin mordoré avec bande en peluche
bleue et tapisseries anciennes au petit point entourées d'entrelacs au point de riz.

102 — Table à jeu en noyer ciré à filets dorés, le dessus est garni d'une
ancienne tapisserie au point et petit point à jeu de cartes.
Bordure à mascarons et arabesques à feuillages et entrelacs
de fleurs.

103 — Sac en tapisserie au point.

104 — Ecran en tapisserie au point avec deux personnages au petit
point.

105 — Chaise bonne femme en noyer, garnie d'ancienne tapisserie au
petit point à petits personnages qui dansent au son de la
musique.

106 — Dessus de table au point de Hongrie, xviie siècle.

Dimens. : 0^{m}95 $\times$ 0^{m}80.

107 — Fragment de bordure en tapisserie.

108 — Bande de tapisserie contenant cinq médaillons brodés, à personnages, rois et évangélistes, xvie siècle.

109 — Coussin en ancienne tapisserie fine d'Aubusson, médaillon formé
par un entourage de fleurs et feuillages entrelacés dans lequel
se trouvent des guerriers.

110 — Canapé garni de tapisserie de Beauvais(?) d'après les cartons de Salembier, à bouquets et paniers de fleurs, xviiie siècle.

111 — Ecran de même tapisserie, bouquets de fleurs retenus par des rubans.

112 — Tapisserie du xvie siècle représentant la Nativité.

Elle forme trois compartiments, celui du milieu contient l'Enfant couché dans une corbeille entouré de trois anges en prières, saint Joseph le montre du doigt, le compartiment de droite contient les bergers conduits par un ange portant une banderole avec inscription, dans le compartiment de gauche se trouvent des anges debout.

Bordure à fleurs, feuillages et pampres de raisins entrelacés et coupés par des écussons à fleurs de lys traversés par une crosse d'évêque, chaque côté est orné de colonnes feuillagées.

Haut : 1m70 $\times$ 3m20.

113 — Tapisserie de la fin du xvie siècle représentant une kermesse.

En haut un château donnant sur un parc, dans lequel de nombreux personnages jouent, se promènent ou festoyent, certains se trouvent sur des gondoles tandis que d'autres partent à cheval — au premier plan des oiseaux et animaux.

Haut : 2m20 $\times$ 2m05.

114 — Tapisserie de la même époque et faisant suite représentant un Tournoi.

En haut une grande tribune dans laquelle, le Roi, les princes accompagnés de nombreux personnages. Dessous des chevaliers combattent ou se préparent au combat, dans le bas et sur les côtés de nombreux personnages se promènent dans le parc dans lequel on voit aussi des volatiles.

Haut : 2m30 $\times$ 2m30.

Nº 115

115 — Superbe tapisserie de la manufacture de Bruxelles d'après un
carton de Marcus de Vos, représentant le Jardin des Hespérides.

Sur la droite l'une des Hespérides portant une robe lamée,
cueille une pomme d'or, à côté d'elle le dragon veille, sur la
gauche est représentée une scène, de nombreux petits personnages et animaux se tenant auprès de plusieurs palais et
édifices.

Cadre formé par des festons et entrelacs de fleurs et feuillages
soutenus par des cordelières et rubans.

116 — Objets omis.